U0930683

苏长江

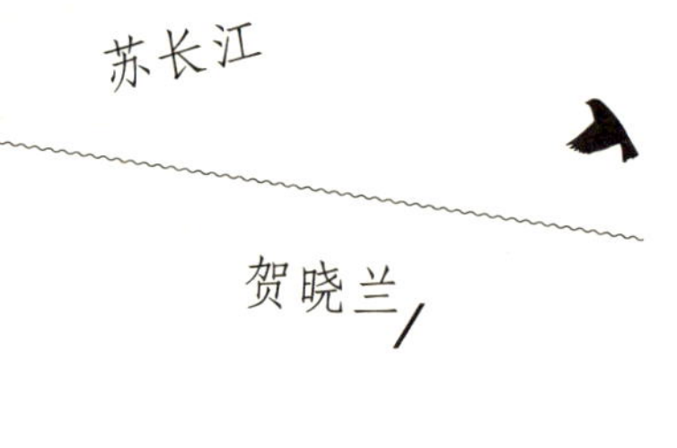

贺晓兰 /

著

萃英

C U I

Y I N G

重庆出版集团 重庆出版社

图书在版编目(CIP)数据

萃英 / 苏长江, 贺晓兰著. 一重庆: 重庆出版社, 2021.12

ISBN 978-7-229-16157-6

Ⅰ.①萃… Ⅱ.①苏… ②贺… Ⅲ.①诗词-作品集-中国-当代 Ⅳ.①I227

中国版本图书馆CIP数据核字(2021)第222208号

萃英
CUI YING
苏长江　贺晓兰　著

责任编辑:李　茜　李欣雨
责任校对:杨　婧
装帧设计:刘沂鑫

重庆出版集团
重 庆 出 版 社　**出版**

重庆市南岸区南滨路162号1幢　邮政编码:400061　http://www.cqph.com
重庆出版社艺术设计有限公司制版
重庆市鹏程印务有限公司印刷
重庆出版集团图书发行有限公司发行
E-MAIL:fxchu@cqph.com　邮购电话:023-61520646
全国新华书店经销

开本:787mm×1092mm　1/32　印张:5.125　字数:77千
2021年12月第1版　2021年12月第1次印刷
ISBN 978-7-229-16157-6
定价:28.00元

如有印装质量问题,请向本集团图书发行有限公司调换:023-61520678

那些用时间堆积起来的琐碎，
让时间自己去咀嚼。

mulu 目录

卷一

卷二

卷一

如果你能读懂我

如果你能读懂我
那是你所能看见的部分
就像一部电视连续剧
起首猜不到末尾

如果你能读懂我
就到云的那端
一汪绿潭伴着夜莺歌唱之地
拥抱所有自然的精灵

如果你能读懂我
直达心灵的最深处
请攀爬人世间最险的山峰
找寻初生婴儿坠地时的瞬间

敏感这脆弱的世界
永远无法走进理想的王国
直到看到夕阳西下
满地金黄充满我心房

赞美

我们赞美那太阳
那是因为　“他”
始终带给万物雄浑不羁的能量

我们也赞美那月亮
那是因为　“她”
让人联想起那么多的柔情蜜意

我们亦赞美那山川
那是因为　“它”
总能激发潜能唤起念想

但
我们
更赞美普世的人性
那是因为
他她它
反衬永恒的善良对邪恶的憎恶

杯酒人生

初识此“君”
是在中二的那个夏
当勇敢吞下姜黄的液体
妄一冒十六岁男子汉泡泡
谁曾想
这轻率的扎啤壮举
被那麦杏的苦涩味整成初恋
并为随之而来的各色“佳酿”所套牢
红唇烈焰还是潘多拉魔盒
哈姆雷特永恒之问
至今没有明白

江湖路绝
归来发已白
依然酒肆望江楼推盏方遒
任肆意喧嚣伴着克制的哽咽
在那熟悉和“诗意”的杯具里
颠倒成夜晚不晓白天的黑
仿佛世事难料江面斜
只能将满腔思绪化为无边的江水

都尽盛这爵

彼时月色如华樽已空

觚举浩明

那个当初的你却在天涯独缺

晨的物语

当渐弱的月光仍然笼罩着寂静山峦
感觉醒来就是幸福
从北边大风堡吹过不竭凉风
同莽子一起晨走

路旁野径慈竹叶片上透着精灵似小水珠
在远离都市渺无人烟的蛮荒地
聆听即将开始新劳作前的鸟儿间对话
任终日充满欲望的眸停下

单纯凝视那盛夏独开的丹红紫薇
以及跳来跳去一往无前顽皮的溪水
已没有什么能阻挡思想飞翔
那情景犹如赤足摩西即将登上尼波山前

思忖该如何渡过人世间这条愤怒的河
你看那朝阳像昨日一样跃腾映红我脸

原乡

不知道何时
看到过如此静寂无垠的明亮星空
不知道在哪儿
曾再次被雨拍瓦片的声响惊醒而喜泣

长久的都市生活浸淫
万千世事拼搏和水泥森林的逼仄
早已将柔软的初心磨得坚硬和扭曲
不得不服从快节奏与敏感的市侩挣扎

如同水滴被旋转的涡轮越甩离圆心越远
深陷其中无法自拔
我们丢掉了什么还是什么抛弃了我们
是时候赤足走在田埂上

放纵聆听田野池塘蛙鸣蝉歌牧童野笛
像孩子般的眼去凝视那一缕茅舍炊烟

原点

尘世的花总是开了又谢谢了又开
那水滴奋力游入大海荣升天堂回哺大地
它们非常执着全不顾人类这般折腾
永远萌动往返前行后退

渺小如我站在从前河畔看着那满地樱末
无情川水倒映出如许沧桑影画
感慨当初年少数十载转瞬间白驹过隙
出发时满志踌躇挥洒青春西东不辨

虽遍尝苦甜伤痕累累痴心不改
到头来告老还乡方知晓茵梦南柯
想想错过了什么走上这遭
可不可从头再来或许往事未必如烟

先贤说不能两次踏进同一条河
你看那岸边景色已改斯人依旧

插在奶瓶里的三束野花

静静地

婷婷地放

斑驳素面预示着审美的具象

你的眼

朝着我的方向

在空气中

我与你在弥漫中碰撞

荒原与城市

野蛮同精致

是欣赏

还是

……

不一样

当全世界都睡着

当全世界都睡着
我仍然惦记着你的身影
不管是灯光
还是烛光
甚或是月亮的光线
都映照出
你的过往
我不能呼唤你的影子
怕吵醒梦乡中的全世界
和
你沉醉在远方的梦想
我从来不知道
你是谁
和
我是谁
当全世界都睡着
我
却一直醒着
和我的思想
无数个夜晚

我以为自己在沉思

我跟自己踽踽独行

随处都留下我和自己的影子

像白璧留痕

我终于明白

那不过是一个孤独的人强行霸占了这座城市

人在大理

天

确实如传说中那么瓦蓝

灼热的阳

放肆戳过窗帘在室内形成斑影

著名的下关风从窗隙间窥入

耳旁边嘶嘶作吼

将想看未看的书页翻得哗哗

刚从潮湿寒冷地过来

还未适应这干热

还没正式欣赏这蓝天背景衬着的烈焰

虽然

已经被静电刺痛好几回

身

窝在客栈藤椅上

思绪仍停在昨日的故乡

那比北方更凉的温度

裹挟着恼人的人情世故

还有趁着大假

黄鱼般泻出的车阵

逃离都市向着温暖南方
无非富奔海南穷走滇
那一群有着城市户口的可怜“候鸟”
我为什么也要随大流
自问没有中魔吗

嗯
惬意地伸下懒腰任思绪无意识飞扬
干吗去考虑驱车千里的得失
放下了无尽的欲
大老远颠颠赶这儿
不就是求这般
自由的松绑
正品着一块喜洲粑粑
瞟着“莽子”①小萨伏在地板上做梦
心里筹划即将至祥云县云南驿的旅程
忽听着门外包着罗帕的白族老板娘软声问
“豹，因岔克”②

---

①“莽子”，宠物名。

②“豹，因岔克”，白族语发音，意为“小伙子，吃饭了”。

穿越

蔓生的苇草掩盖了曾经的喧嚣
奶奶的花房化身为整齐的砖石
妈妈的纺架长出了朵朵鲜花
我曾经捉过的蚂蚁
也到了对岸的城市寻找爱情

恣意的青苔拥抱了过往的热情
爷爷的小道做成了车道的垫石
爸爸的犁耙成了坚硬的柳枝
哥哥曾经追过的小狗
永远不见了踪影

当我们穿过
一排排的玻璃幕墙
一行行的水泥步道
一丛丛的霓虹灯店招
看到的是梦中永远的家乡

春见

满城飘絮的时候
是会理人的春天
钟鼓楼前
望不尽的
绚丽长裙
和
铿锵蓝色短裤
幼童在婴儿车里咿咿呀呀
应着燕子的歌声

油菜花已经开过
浓烈的黄色记忆里
翠绿留在田间
陪着桃树梨树的奔放
老城科甲巷口
抓酥包子
鸡火丝
羊肉粉
交织着空气里的香

樱花在泥地里蓄积着力量
套着缰绳的老牛
跟在老人身后
慢悠悠地踱下粉红色的脚印
老伴坐在门前
笑吟吟地端着陶碗
春芽、秀芽、嫩芽
一丝丝的飞舞

这真是
万物昂首的时节
可记得川滇边上的小小船城

雨巷

鼓楼巷
现在的牌匾
倚在巷角的黄葛树浓荫下
蜿蜒的小道
隐身
湿润淅沥惆怅的雾霭

油伞
衬着秋雨
已没入
泛着些水光
又
意味深长的幽幽青石板甬巷

隐隐
婀娜的背影
婉转行在
鳞次栉比的低矮楼房间
与黑瓦浅灰墙面构成
那低调神秘雄浑加一点儿亮的古城基色

站在消逝的五福宫旧址

可惜

已经望不见听不到

东大路上从鹅岭进城的“官道”

以及

与穿长衫行人抢道的滑竿挑夫和骡马嘶鸣

作为过客

没有这城的自傲

但老墙下爬满枯藤的石块

却见证着张仪、李严、彭大雅、戴鼎们苦心经营着的：

浩荡三千年江州城

巍巍八百载重庆府

往往

熟悉的容易被忽略

换个视角

原来的城投射出另类光景

站在高处

吹不一样的风

再厚的城墙也没挡住异邦的入侵

远古的巴国早已湮灭进历史的尘埃

在落叶的季节里

仅剩下这条后人翻修的古巷

几个思幽跋涉之人

还在高楼间回味着本埠久远的老故事

真武呵，真武

（一）引子

呵

长出一口气

终于卸下了江湖的羁绊

此刻

安坐在离重庆70公里外的真武老街茶馆屋檐下

踩着脚底发亮的旧石板

川牌、麻将客们间或的喧闹围绕着我

哦

那久违了的川南系乡音

远处龙门槽山的枫树叶已染成深红孑然落下

细雨霏霏

（二）马家大院

哎

真真遗憾

一把现代大锁

锁住了位于渡口上赫然耸立的马家大院

你可要晓得

曾经“填川”的闽乡马氏先人

曾经百年雕梁画栋的七层西洋高楼

曾经私奔的马二小姐

曾经数代称霸綦江河流域的盐、铁、瓷器码头巨贾

曾经的……

透过

年轮的筛子

那些停伫在本县“皇历”上洋洋洒洒的文字

眼目前

只留下了躯壳、衰草和无尽的遐想

个体史、家族史、小镇史等等

近现代所谓社会学家们的一切考虑

是停滞、阉割，还是……

筛孔遗留下仅存着

世人的艳羡、惋惜、诅咒

今天

慕名而来者只见到

马家大院门前静静流淌的綦河岸边

那

扭曲的黄葛树

生长依然

（三）马头墙

在高大的马头墙外

我依稀听见你的笑声

和

轻盈的脚步声

我以为墙内依然是

我们相遇时的

那个艳阳天

我举着花

顶着碎影

奔向你

可是

蔓生的芦苇挡住了我的视线

一丛又一丛的

向阳花在我的脚底倒下

你的笑声仍然在远方

我把花瓣

铺洒在我们曾经走过的长廊

试图向你昭示我的来路

可是

河风固执地拂去一切尘土

全然不顾萦绕在我们之间的花香

我回转头
望着墙外头的涟漪
轻声对自己讲
唉……

（四）回到童年

屋内
些许晨光透过老旧的窗棂
“太阳晒屁股了
砍脑壳的娃儿还不起来”
滴着口水的梦萦被一阵暴呵斥断
屋外
传来炒米糖开水的叫卖声
隔壁丁字街口早已人山人海
灶塘里刚取出的烤红薯在小手里还冒着热气
虽光着脚丫站在门口
心早已放飞
“不要乱窜
你的鞋子在这里”

匆匆

穿着土布缝的开裆裤
钻过拥挤的人群
顺着纱帽街、洋房路、天上街
撒丫子奔过南华宫、万寿宫、天上宫
极目所视
灵官庙里充斥着求卦的街坊
不大的祥和茶馆
茶客表面安静地吃着讲茶
九宫十八庙
拜佛的香火弥蔽了整个街巷上空

码头
才是孩子的天堂
平日清静的綦江河
塞满了插着川黔两省旗标的各色木船
窄窄的石梯坎
挤过络绎不绝的扛包下力汉
袒着胸脯的老板
捧着茶壶躺在竹床上高声咒骂
河对岸天堂村的村民们安静地坐在岸边
等待归家的渡船
旁边河街上
马二小姐乘的滑竿缓慢地行进着

坐在树荫下
一双小脚丫浸在清幽的綦河水中
听着
不倦的知了在黄桷大树间欢唱
心思已去到不知何地的远处
忽地
耳朵一阵清疼
“回去了，紧到晃”
转头看见那嗔怒的眼
无奈地尾随母亲离去
而且在众人的讪笑声中
但
那行带着水痕的脚板印
清晰地烙在
故乡的青石板上
从不消逝

晨思

没人在乎式微的声音
在这个世界里
孤独的异见
就像矮冬青丛混进一束凤尾兰
或凤尾兰丛渗入一株矮冬青

孤雁
始终追逐头雁带领的雁群
当它拟独自停在天竺桂上思考
结局似乎早已注定
接纳还是抛弃

观海

那一天
波涛像杨柳　轻轻掠过我的脸庞
在我的耳边
絮叨着私密的情话
我伸出食指
想点中你的波心
就像以前常做的那样
可是我却抓住了无常
我坐在岸边
数着滚滚的鸟鸣
想读懂它们全部的语言
可是
最终
我只听见了
你在哪里呀
你在哪里

陈家寨

腊月的正午辰光
喧嚣褪去时节
腾冲北边江东山下的陈家寨
那个被世人称呼的银杏村
那个六百年前戍边成都将军后裔村寨
逝去了金黄世界和攒动人群

踱步小巷
搜觅古老村寨印痕
在这个罕见青壮年的边陲农庄
在火山石砖砌成的墙脚
在竹篱笆围上可笑名字的小院内
在枯萎落叶和挺拔银杏枝干下

几个老人闲叼着长筒水烟
带孙辈的阿太于摊旁固执招呼着稀疏过客
两条土犬追逐而过
迎着直射阳光与袅袅烟氲
用云贵川民都能听懂的西南官话
与着蹩脚中山装和西服长者追溯既往

共同感慨小寨兴衰和滇川沧桑
手捧老者递过的烟筒
吸不吸
都是哲学问题
瞬间又习惯性迷离

游学究竟该放松还是追索事物本质
种种映入眼帘的原著具象
还原了乡村境界真实的存在
没有如隔壁“时尚的”和顺一样
今日迥于常规时段造访
是游人们不曾体验的
——你看到的可不是全部
思忖如此
对着大烟筒猛吸一口
上来的是水还是烟
不重要
礼当如此

寻路

没有什么
罩得住那一碗米线味儿
没有什么
挡得住那片日丽天高的“南诏风情”
红土地之惑
游走于心底的本能
喜欢
不需要理由
只是矫情作祟
注定了与风花雪月无缘
只是生性清凉
自觉不凑那个“段王城”和四方街的人潮
浅池抚仙
抚不住大伙儿的喧嚣咋呼
傣裙旋转
盛不住既往的传奇
偌大块的红土地
还存净土的灵境吗
哪里去找“我的国”
不过分的诉求

仅仅为承载冬漾与春和

仅仅还一个亲近原乡的愿景

约定的煎熬

还有选择吗

该踏上“梦路”了

路牌

那

流淌软风糯语之地

只不过

弱弱地试问先

亲们

告诉侬

在哪里落脚

寻踪仓央嘉措

那一天
我在拉瓦宇松崎岖山路跋涉
只为看一眼那据说是三百年前你降生的板房

那一月
我在拉萨八角南街拥挤人群中不为转经
只为追寻你和于琼卓嘎牵手而行的足迹

那一年
我深夜来到库库若尔湖心山
不为欣赏水中月光
只为凭吊早逝的你这位绝世情圣

那一瞬
我遁入梦幻……

2019·秋

重逢宛如初见
一旦曾经的熟悉偶然再现
记忆的某个闸口总会怦然打开

当秋雨再次骤起的季节
在四川内江驶往重庆的列车上
呆望着窗口闪过的那些发黄老站牌
栏杆滩、柏林、茨坝……
当思绪沿着“临江河”畔蔓延
原来的“你”能不想起往事吗

哦　还是好多年前那班慢车
还是记忆中那个应该的成渝线
还是短轨铁路才会发出的回声
还是不舒服的硬木椅
还是……
噢　好像还缺点啥

逝去的铁路道班
不见的标志性进出站号牌

喔

那不高的石笋山

现在的我踱步在后世新建的城

峭壁城墙垛口下的浅丘炊烟袅袅

雨后夕阳余晖映在远处玉皇观楼面

虽然熟悉的已经过往

山下火车的汽笛仍在耳畔回旋

觅几位朋友坐上仅存的“绿皮”

去感受空气里绽放的愉悦和往事

放弃快节奏的回味

没有什么

比得上对既往的遗忘

在这跟不上的年代

不仅仅你“变老”

所有的所谓“现代”

真的能抚慰内心的平静吗

闹市里那一抹秋

柔的云
持续倦浮在黄沙溪街市上空
在小区高楼一隅
深邃庭院隔绝了市井的喧闹
丛丛石榴、丁香和月季
散落在游弋着鱼儿的浅塘周遭
淡淡秋风
将菜地旁两株米兰的暗香送过
三只硕大的罕见芒果挂在隐秘的枝头
飞檐翘角旁的三角梅正歪着头欢笑
随着曜变老盏里的汤色已然变淡
聚会老友间的叙旧从炙热转入停顿
一只小花猫从旧石鼓丛中蹿出
打断主人晚餐的呼唤
躺在老木椅上陷入沉思的我被搅回当下
真不想起身
真不可多得
欲残留在记忆中的场景

这惬意的都市村庄

这惬意地忆到儿时的

晚秋

嗨，老钟表匠

听
这熟悉的曲子
忘记了吗
“大地在颤抖
仿佛天空在燃烧”
忘记了吗
“肖特呼唤康德尔
放大一张我表妹的照片”
想起来了吧
中老年朋友们

去恶补吧
在异国他乡的曾经的经典城市游击战
去恶补吧
在法西斯铁蹄下殊死战斗的一群怎样的无畏者
关于上世纪70年代一部“老掉牙”的电影
亲爱的年轻人

《瓦尔特保卫萨拉热窝》
一群人和一座城市的故事

苏里、吉斯、冯·迪特里希、米尔娜……
众多人物呼之欲出
而让我们恰恰记住的
不是主角皮劳特·瓦尔特
却是
戏份不多但编剧饱含深情独具匠心讴歌的那位

他
面对枪口
曾噙着泪水仍然坚定上前认领女儿尸体
为救头儿
也曾只身决绝壮烈前行
在赴死前
更会平静交代徒弟学好手艺并如数归还他人欠款
——谢德·卡佩塔诺维奇
请记住这个极为普通的斯拉夫名字

老钟表匠
那个不起眼严谨的男人
那个穿西服戴怀表的长者
那个表面冷峻内心笃爱女儿的父亲
那个在广场倒下牺牲时被一群鸽子护卫“灵魂”
的老游击队员

都翻篇了

四十几年了

但

任时光不再

任那电影胶片发霉泛黄

任那国度已然逝去

任许多事情模糊恍然

老钟表匠

仍然不能让人唏嘘释怀

今

大地仍未平静

而您

始终与我们同在

写给一个人的诗

无数次地
梦到
那个好熟悉
又有些生疏的巷口小摊
无数次地
吞咽
恍惚再一次
聆听到久违的啜吸声响

无论
蹒跚于阴冷的MAN街头
还是
蟹居在炎热的BNE公寓
每当夜深人静
任凭Due还是Final肆虐
甭管情感抉择Yes or No
总是会某一刻忆起无法自拔的味儿

遥远的巷口
那红黄青三色一体

那油浸二金条与汉源椒构成的辛麻
那芽菜花生芝麻间看似无序的混搭
夺尔眼球沁人心脾
怎么原来认为平淡无奇理所当然
不就是一钵重庆小面
居然牵肠挂肚

当离开了熟悉
只身浪迹
你嬗变的不仅仅是陌生环境和生活方式
心灵的孤独与失落
具象为刻骨铭心的思乡
当寻找乡愁的思绪如影随形地不断袭来
那一钵普通的食物
已升华为心中最柔软的部分
是不

山城，谜一样的感觉

没有人不知道这个新一线城市的盛名
没有人忽略这“网红打卡地”
朝圣　去蕴藏那个虔诚的念
邂逅　莫盛开五官投射的欲之花
选择有选择的缘由
喜欢致喜欢的价值
去了　不管留下什么
来了　那是尔之宿命
不要试图用无知去解构那硬朗分明的外表
无需被忽悠入网推的“人流”
可不可以撕下可笑的“介入者”标签
用或粗或细的腿去丈量心中的“惑”
管它抗战还是民国
遑论什么饮食古建
在这个中等偏上姿色的巴国首善地
寻觅您心中的“它”
抚摸您的抚摸
撰写您的撰写
去吧　谜一样的地方
来吧　怎么写游记是您的自由

行在高庙村路上

走了

那个与伊丽莎白女王同岁的长辈

那个曾经与父亲结伴逃难的“异乡人”

涅槃　那个最后时刻执意要回归北碚的智者

当我静静地伫思

本不该但又不得不面对的时刻

是在独自缓重地行过城北高庙村之后

仿佛灵堂周遭都已凝固

耳旁

听到的只有上世纪四零年代

漓江边上孩童的读书声

当我近近地瞻仰

“百年”一瞬楚河汉界

几想同您板板醒水醒水①

叹斯人何在

恍惚

又回到当年桂林大撤退的岁月

①板，聊聊；醒水，求教；均为桂柳方言。

一路艰辛又荡气回肠

别了
那个消瘦的“雄辩家”
那个曾经的喜欢拉提琴的党的理论工作者
呜呼　这闷热的夏

门的故事

两条竖直的石条
一块横跨的石匾
两片厚实的木板
简单的立面
构成了通行人世间的一个特殊“符号”
这符号
普普通通司空见惯
形形色色形制雷同

不要小觑这东东
它
仿佛两个“世界”间的钥匙
成为维系过去和未来的通道
又或是传统封闭的家庭、族群的一扇“窗”

合上木板
这个隐秘的“场”
将延续成每个族群独特的氛围
流传亘古的传奇故事
代表着团聚、安宁和传承

剧透着幕幕和谐不和谐的悲欢离合
这一切的一切
被先辈们将祝愿用警语刻在石上
谁还记得

推开木板
将会看到不一样的“世界”
冲出去打拼闯荡
承载着老宅的期许
伤痕累累或凯歌高奏
衣锦还乡还是狼狈而逃
是世界羞辱了你还是你改变了世界
只有神仙知道
准备义无反顾了吗

门
以及衍生的坊、楼和附着物
每一个象征图腾一样的符号
某一处她或他姓氏的归宿地
有着数不清谜一般的故事
和
只传于本房弟子的家训古言
不管内敛还是张扬

无论是草楷篆隶

上得门框的字都是祖宗的宝贵遗产

值得流连忘返

此时此刻

假若有几百重古石门耸在你的面前

杵在重重复重重门前

迎着金剑山上扑面的风

聆听着过去时光的“八卦”

您

会有穿越的感觉吗

我的额济纳

静静地
千奇百怪模样扭曲地
躺着
一如古往今来的三千年

多么有幸
能和你们彼此为伴
弯弯的额济纳河
浩瀚的巴丹吉林沙漠
沿河而居的原著乡亲们
尽管你用冰凉的雪水无情地将我浸侵
尽管漫天的狂沙肆意雕饰着我的躯干
尽管你燃烧我的枝蔓去抵御严寒

回望唐朝
我仿佛看到
西域诸侯与天朝间无数次剑影刀光
以及
丝绸路上汉胡商旅的蜿蜒驼队
我也曾听到

三百年前

土尔扈特人东归时唱起的悲壮酒歌

那是九万劫后余生朋友们的吼声

廉颇老矣

岁月会抽走最后一丝生气

宛如夕阳西垂叶落于土

不要伤感

因为

我欲重生

在秋天

在哪一个秋

额济纳呈现出的每一抹灿烂油彩

就当是我生命中最耀眼的瞬间

并将

始终守护着你们

岁岁年年

夏日里最后一朵玫瑰

昨宵匆匆的秋雨凉风
卷走了恼人酷暑和满庭的花
谁曾想季节和情愫间互动仅需一宿
哎　那些娇艳的花儿哟

落英丛中
透过乌云的些许霞光
斜映在那朵仍然伫立枝头上倔强的玫瑰
虽然也将在阳光下渐渐枯萎

和它的同伴那样
不再陪伴所爱的人
你怎么知道
让她无助凝视和失望的理由

女人心思　秋意无限
一声叹息　缠缠绵绵

北人不知道
南边的寒

风
挟着似雨非雨的“冰”
沿着千年不变的路径
在这个时节里
肆无忌惮地沁过秦岭和大巴山层层设防
酣畅地南下穿行在川东丘陵河谷地带
呐喊着扑向那些穿秋裤的乡党们
透过重重门缝和窗隙
日夜困扰着没有暖气不惯寒冬的民
当你看着路上裹着粽子样衣帽的匆匆行人
还有那些被笼罩在阴云下的暗绿色树和草
聆听撕扯着肌肤的风之歌
这一刻
垒一盆炭火沏一壶热茶
才是对“幸福”的阶段性诠释
北地的朋友
过来试试

长夜，我生命中的那部分

思绪　总是在这个时候开始活络
白天的场景
每每不合时宜地充斥在沉重的夜里
当同类　神游于爪哇国
死一般静谧　死一般空旷
此刻　才是属于“我”的王国

形式上的“我”
宁静地“睡”去
挣脱躯体束缚的“我”
却在别处
轻盈兴奋地晃荡
把白天的渺小怯懦切换成相反

俯视观察
以及生活生命的思辨
自问自答
轮番反省和终极命题的拷问
完全不能承受之重

此时诗意不再　仅存远方

黎明将至
谜一般自由矛盾的世界蹒跚离去
多么美好的国度
那给予能量和原力的场
能伴随你　长夜
我生命中的那部分　荣幸

“我”的世界

一棵会思考的小草
不知道自己来自哪里
更勿晓青春几何

可想而知它将在短暂的生命里
任那些活的生灵践踏
或者被人类以堂皇名义连根除拔

有什么要紧
原本是贱的微尘
原本就该成为侍奉自然之母的工蚁

生死轮回早已盖上宿命的印章
不羁抗争还是顺势由运
将决定其登上哪班不同方向的命运号列车

在“我”的世界
冬的蛰伏预示着春之萌动
严寒酷暑完成了成长的洗礼

做一棵会思考的小草

在这个欢愉和悲痛并存的广宇间

伴着太阳月亮星辰成为独一无二的那一枚

那些花儿

奇了怪了
记忆中好几次出现花
是那种叫不出名儿、模糊影像的花儿
白白的、带点紫

那是上世纪六零年前后
处于极度饥饿状态的我
在长江边上不知名的山上寻找充饥物
曾在半昏迷的状态下看见它
香香的、白白的、带点紫

有一年我提着行李
告别曾经的熟悉踏上陌路
带着年少期许和巨大的惶恐
在北去火车上那花再次显在梦里
暖暖的、白白的、带点紫

这一次
我又见了

那宿命的花

是在为母亲守灵的最长夜

涩涩的、白白的、仍带点紫

走过我身旁的女孩

走过我身旁的女孩
简单的裙裹着青春袭来
使我的脚步变得缓慢

走过我身旁的女孩
粉红的脸颊映衬着天上的云彩
使我的心刹那间澎湃

走过我身旁的女孩
转瞬回眸以及轻轻地一瞥
将我往日的自信击穿

熟人世界

“熟人的世界”
对多数生活在二线以下城市公民来说
这标签贴在每一个人脸上
妥妥滴
除了享受行事方便外还将承受格外的“福利”
——你还有秘密吗？

脱胎农耕文明老死都相往来的薪火相传
好奇天性的养成和浓浓“善意”已融于血脉之中
当熟人的名词被解构成自家人
当许多双探照灯似的眼望着目标物
当一旦被惦记
一切都在阳光下通透
难道个体单细胞可以豁免吗
还有什么地方见不得光
还有什么马奇诺防线挡得住？

其实
变味的“善意”正嬗变为“恶”
八卦的包打听已成为“私害”

是该改变了

是该分清楚适度关怀与心领神会

是该主体克制还客体空间

是该以别人的心度自己的腹

没必要唠叨尊重自我与体现文明的关联

每个个体都拥有一片狭小的天空

是温馨的回忆

是不堪的剧痛

是实现不了的梦想

还是……

不要紧

你是你自己心灵的主宰

都只属于你

眼瞅着对方
默默无语

丁香花开的时候再次相遇
既往的影子重叠着眼前的现在
躲闪的眼神和这陌生的体态
哦
眼瞅着对方默默无语

丁香花开的时候再次相遇
欲言又止演绎着彼此复杂心情
岁月的痕迹抹不掉昨日记忆
哦
眼瞅着对方默默无语

丁香花开的时候再次相遇
那熟悉场景仿佛重回过去时光
优雅矜持擦肩而过让人唏嘘
哦
眼瞅着对方默默无语

夜之舞

夜里

天际边划出齿状般

耀眼光白

震雷

从九霄云层中

咆哮滚出

不羁的风

裹挟着骤雨　恣意翻飞

黑色的精灵们

在旷野边

无情地呐喊

谁

释放出大地暴烈的野性

谁

又将这世界搅得天昏地暗

……

是归于宁静的前奏曲

抑或撒旦示人的预言

鸟·人

一直以来，我都渴望一片天空
像你
在自己的心田
自由地往来
不惧风雨
傲迎闪电

一直以来，我都渴望像你
在自己的世界里
另类独立
在杂草中肆意穿行
在狂风中嬉戏

一直以来，我都没能成为你
言语的绳索
身体的羁绊
死亡的前路
构成脚踝
而我
永远只是向往着你

叶问

冬日的周末
这个城市罕见的暖阳
热的光　施舍般涂抹在厚厚的绒衣上
瞅着　莽子自在地撒欢儿
奔着　一阵风过
街灯两旁的银杏无助地摇曳
我的心
随着那漫天满地的金黄
怦然落下些惆怅
叶落季节
大地是其必然的归宿
但它
确将那悲剧性最后一刻的灿烂
留在了人世间
这凄美意境的昭示
我们、你们
真的懂吗

姑姑

远远望着躺着的那个人
那个永远离开去了天国的人
完全不是熟悉的模样
虽然还是短发
真的是你吗
姑姑

我所认知的你
还停留在五十年以前
火塘边的喧闹和炒米糖的芳香
模糊了儿时对故乡不多的记忆
但我始终记得你俊秀的面颊以及温暖的手
曾牵我走过回乡的路

再见你已至“文革”以后
面庞上已经刻上亲人蒙难和岁月磨砺的痕迹
那种隐忍的忧伤和后天形成的坚毅
让我感受到了真实的你
而当你看到我第一眼时那欣喜的情形
记忆犹新

今天，您走了

在度过了漫长的八十三年之后

带走了一切的眷念

站在你的面前

我只想说

好想您，姑姑

孤独，你的名字是……

人说
孤独是一种信仰
说这话的一定是智者
世上真有这号“先贤”
经常选择的是违背多数人意愿遭唾弃
仍然一意独行
甘为那踏进荆棘丛的背向者
并
不为结局的对错而悲喜
尽管往往被证明正确
虽然更遭多数人的妒忌和诟病
因为不合群和非主流
必然的不悔不改
注定
稀有和“寂寞”将终生伴随“你”
猜得到结局仍义无反顾
无可救药

窗外

大片的楼
在灰色天空下伫立
匆匆路人
奔走在三号地铁站口
争先恐后的车阵
傍机场公路移动
不远处
传来稚嫩的琴乐声响
空气中
弥漫着厨房里浓烈味道
那一刻
印在眼帘中的场景一天复一天地重现
那一刻
感觉凝固的时空和逝去的年轮相互交织
我会扪心地问自己
什么是不变的及改变的?

站在鸭子河畔

虔诚地来
不舍地去
广汉城外鸭子河[①]畔的桂花又开了
五千年前的古人
站在同样的堤岸
望着不一样的川水
历史长河诡秘波澜
也曾这样感叹?

震惊的神
沉静的思
谜一样的“国度”欲罢不能
燕道诚[②]
你这一锄
掘的可是一个中国文明起源的封印
“三古”[③]的再现

---

①鸭子河,三星堆遗址旁的河流名称。

②燕道诚,1929年在自家地边挖水渠时首次发现三星堆遗物的人。

③古城、古国、古蜀,称三古。

除了中原文化外还有另外一个中心吗？

灿烂的显

优雅的隐

恢弘的是你管窥到的格致和工艺

觅不到源头

依稀探得出踪迹

金沙、十二桥的延续演绎

谜一样的鸭子河畔

你真的是那个纵目者蚕丛[①]时候的国

①蚕丛，传说中的古蜀王。

热言冷语

总有酒会醉
总有人会心碎
只是没到那一刻
假如够坚强
绝不会

总有点儿背
总是说你不对
休要埋怨谁谁谁
假如够能量
无所谓

总有目标追
总是感觉很累
真的不是不努力
假如够执着
晚点儿睡

无题

我每次都在阳光下眺望生活的浪
对面的大妈晾出了时间的棉被
楼下的大叔祭出了历史的太极
斜对面的姐姐跳着久远的迪斯科
楼上的大哥在阳台上挥舞莫名的双节棍

夏天的太阳永不歇地照着我的眼
蓝天上白云托着阵阵的轻风
它们走过来又向前去
翻过这片天又落在那座山
不知道何处才是他们的家
傍晚的时候
远处的天边呈现出一条异彩
交织着月色和日光
所有的人都奔走相告
以为那是彩虹的奇迹

当夜袭来的时候
我们以为是希望被黑暗占领了
可是

那随云飘开的风又回来了

在我们耳边嘶嘶地笑

告诉我们

所谓黑夜就是暂时静止了的行动

在等着

呼唤

行在东郊建设南路

不知道什么时候成都夏天变得如此无助
其实温度不高非常闷热绝对汗湿了“外乡人”
衣裤
前头的纱巾老妮们打着撑花儿走得理直气壮
隔壁子穿着破洞牛仔裤的女娃无知饶舌的说项
朋友晌午的双椒兔头整得肚皮时刻不爽
河边讨厌的知了躲在哪个踏踏呱呱鸣唱
七月的太阳让人晕头转向
穿行在东郊的建设南路上

过去已成为记忆怎不让我久久地回望
当沙河田园景象如此转型于俗人圈钱名利场
让响当当老红光厂摩登成后工业娱乐“新天地”
听那熟悉的机器轰鸣融进好莱坞“著名”乐曲
看宏大显像管车间改成的剧场里英国“猫”窜来
窜去
笑原来穿火窑裤儿的弟兄伙在咖啡厅讲着蹩脚的
故事
街灯微明已然预示新旧时空的交替
行在东郊的建设南路时绕不开的思绪

雪忆岁月

春日落下了秋的叶
就如遇见你的那个夏天

日子在阳光的浮影中跳跃
你在花丛中追寻蝴蝶的歌唱

你闪亮的毛发伴着你永远的欢笑
铸成了过去的岁月

隔着熟悉的黄葛树林
你从生命的那段伸过来柔弱的指尖

就在这一刻
我听见你灵魂的温暖

早安，黄水

初霞映在对面的月亮湖
微微泛起的水面上荡着碎片似的色彩
那满山黄连地上覆的松针也露珠闪烁
在通往枫木的公路上
行着晨练的人们和顶草帽的匆匆农妇
远处峡谷中弥漫开薄雾
身旁不知名的各色小鸟在杉树枝头雀跃
哦
又将是新的一天
挥挥手
深吸一口气
迎着朝霞走去

选择

莉莉还是娜娜
腾冲还是三亚
油条还是泡粑
牛津还是清华
布鲁斯or 嘻哈

有多少次电话应该打
有多少路口可以重踏
不是拖延也不是害怕
取决于内心深处是否强大
决绝处显现出本性的迸发

仅仅两个汉字永恒课题不可越跨
翻遍百度和Facebook
成功者的自传里其实只有一句话
提起
还是
放下

摇滚的日子

七七八八的受众
吃吃喝喝的广告牌
三四个或许业内相关之士
山一样吉他架子鼓与合成器
潇潇洒洒三十一彪“摇滚”乐手们
让平日偏僻现在喧闹的廊坊大厂
Party 开在盛宴的 2019 年夏

当年崔健兄挽起裤腿
第一次喊出“一无所有”
那种非比寻常的三和弦与硬持续鼓点旋律
加持进无所不在的怒气与无力感
在直抒胸臆和石破天惊的嘶吼声中
荡激了无数表面麻木但内心骚动的“愤青”
开启了国人对 Rock and Roll 的启蒙
预示着唐朝黑豹们的起兴
演绎着各色乐队潮起潮落的无数轮回
如同经济大潮裹挟下万千企业
那还是在遥远而沸腾的八零后年代
乐队迷难忘的黄金岁月

引领浪潮的“新裤子”

轻松欢快的“海龟先生”

“体力摇滚”践行者“刺猬”

坚持关中方言的“黑撒”

重金属劲旅“面孔”

英伦范儿的“click#15”

一应朋克爵士民谣

老少爷们儿现场秀和着情感碰触

相信“小众”的亚音乐流派

总会为喜欢者喜欢

总会为平庸的传统乐坛注入新料

夏天来了

乐队的春天还会远吗

亚岁安好

元宵

躺在放着调羹的红花瓷碗中

灯光下泛起柔雾

凝视着它

喧闹声静下

围坐的每个人此刻想起些什么

表情如此轻松

不知道

窗外

凛冽的北风呼啸着旋转掠过

咀嚼甜蜜和温馨

享受着它

眯着眼回味

在今天这个特定日头的清晨

能否定格此刻

真值得

信

平静和睦之中伏着猜疑的暗流
日常磕磕碰碰往往寓意风暴前奏
真的伤害源自彼此沟通缺失
以及遗传至血液中的秉性
你的东整成我的西
祝言当作咒语
还有什么比这更悲催的吗
也许有
哎
人啊

信
不是一时一事
而是拳拳本真的奉奠
契合的真谛
取决于磨合期后达成的默契
形成于三观的相知
当然传承自族群
人啊
万物之灵

眼神、形态或一两个字

体现了信的外部传达

能否读懂全部内涵

是你的造化

人哦

还有它吗

倾注你的所有去寻觅与呵护吧

支撑我
走到最后的是……

最想放弃的时刻
也许是即将要登顶之前的那一瞬
万千努力和疲惫不堪
供氧不足与重如千钧的腿
犹如折断前绷紧的弓弦

最想放弃的时刻
或许是遇险逃生仿佛看得到岸边的暗黑“节点”时
九死或者一生
精疲力竭还要拖拽灌满盐水“肚桶”
真正沉入水底前可曾闪过的N种念头

最想放弃的时刻
就在“旅途”将达目标彼岸前夜
“跋涉”艰辛似已耗尽了平生所学
解数皆使心机荡然恍若无它
此时的解脱必将成为多数人的“正选”

“我”竟然爬到了峰顶

“我”不可能挣扎到海滩上
“我”当然也拼到了“彼岸”
成为与大多数人不一样的关键少数
被迫贴上了幸运者标签

总是企图寻觅成功的缘由
无论逃生、功名……
能支撑“我”走到最后的
是先天基因还是后天的锤炼
其实你都知道

微风拂煦

盛夏骄阳渗透稻丛
乌央的汗珠布满肌肤
寂寥蝉鸣平添了午后沉闷
悠然东边几丝微风拂过
将烦躁忽地化为愉悦
咦
久违了
初秋那第一缕沁人的爽凉

关于爱情

年少时憧憬爱情的单纯凄美
置身其间才发现无限真谛
不关乎熊掌与鱼的抉择
犹如灵的煎熬与撕裂
仍一往无前地沉沦
我以为
这就是爱的唯一

端起这杯酒

在这个普普通通的日子
看这些花花翠翠的菜肴
端起这杯酒

仍然是那些人
依然还是那双眼
转瞬二十年
场景的改变
不变的是那熟悉的眼神
年轮的替代
改变的仅仅是岁月的磨砺
端起这杯酒

窗外的寒风
吹不走枣子岚垭的小面芳香
屋内的温馨
承载着满满的情谊
不管飘向哪里
无论游走何方
这杯酒里

盛满诸君心灵深处的audit味道

这味儿

还将延续恒久

直到

……

端起这杯酒

雪恋

每一次路过的
都是你的春天
可是
我明白
那深冬的雪
凝聚在你的心底
正孕育着
盛开出力量的花

每一次路过的
都是你的春天
可是
我明白
你春光的心底
正默默低吟
那旋律
绽开隆冬夜的冰

每一次　路过的
都是你的春天

可是

我明白

那　夜的飞雪

淅淅沥沥

正

悄悄添着你的泪

观《二十二》之问

我

为什么会那么痛

是因为看见了你的脸

一张始终压抑充满沧桑的脸

你

问我为吗不伤悲

70年的泪已汇成大海

君不见多少屈辱悲愤和无奈

天

人世间怎会这样

泯灭的人性化做禽兽

终将被钉在历史的耻辱柱上

观影随笔

那个青春的季节
那个狂躁的年代
文工团
神秘而令所有文青向往的地方

想象中的音乐、异性、浪漫、游弋
宛若浪迹天涯的吉卜赛部落
不啻于各层级人士的香格里拉
小严和小冯们曾以列兵身份伴随其中

今天　所谓芳华
一个她和他们的故事
试图解构特定时代
弱小个体如何融于群体

主题
不仅仅关乎善恶
其实　真实的生活
往往严酷于作品本身

战争与个体

英雄同末路

这两个巨大的问号

始终印在走出影院的人们脑海

风筝·影子

柳生[1]有才
放飞一只“风筝”
荧屏飘红
惊煞观众越飞越高
虽脱胎传统谍战
但突破《潜伏》可圈可点
将每个人物都立起来了
印象最深的
当数风、影这对大冤家的纠缠不休
和
呈现出来超越平庸的担当

耀先：
潜伏敌营14年
“蛰伏”本垒三十载
曾在刀剑丛游刃跳舞
于三方混战中厮杀出一条血路
也曾历重重艰辛困顿
“偃旗息鼓”盼死子待提

①柳生为电视剧《风筝》的导演。

暑去寒来

可谓

心机用尽九死一生

然而

“袍泽”皆去妻离子散

仍不悔不改赤胆忠心

一往无前

究竟大恶大奸还是曹营心汉

敢问

周志乾、鬼子六先？

韩冰：

处心积虑四十秋

红区深陷

独舞黑绣红妆

堂堂

谍酋钦点孤雁“女侠”

“忍辱负重”只身守

万千磨砺

弥久寻内鬼

然而

对坐不识木马君

到头来

魔心稍褪

认“敌”为夫

终识君本貌

此六哥非同路人

何去何从

心结?

异见

掩不住风、影对各自职责的执着

而这执着恰恰是一种根植于内心的信念

它

可以经受时间的洗礼

但

恒久的隐藏

人鬼两端的印痕愈深

世间平凡而伟大的人性

也会不时遮住了当初的执念

它“身”和本“身”

善与恶的转变

红跟白颜色的嬗变

哎

何必去山城寻找风筝和影子

好一个“我是谁”

好一个斯德哥尔摩综合征患者

身份的认同与自我的救赎

贯穿始终

正因此

一个洋洋洒洒近五十集的电视剧

才能吸引越来越多的看客

其中

或许可以算上我

舞吧，艾丝美拉达

世上
从未聆听过
这样子直击心胸的悲怆之声
高亢沙哑如诉如泣
那种决死前绝望的呐喊和哀鸣
传递出的无限愤怒、无奈
与
共存亡的荣耀
——舞吧，艾丝美拉达

卡西莫多
维克多·雨果大师笔下的“怪兽”
外貌丑陋的他
每日里平静地敲着那颗高贵的“心钟”
在法兰西国动荡的时刻
守候着那个倔强的“风尘”姑娘
用怜和爱
安慰着美丽孤独的
渴望爱的吉卜赛灵魂

貌似权力或相貌
迷惑着世俗的人们
为他们编织着天堂的五彩云霞
而
卡西莫多
让我辈识破了这片美丽的乌云
他喑哑的嗓音
循环着一声声的轰鸣
美……

惊异地望着他
看见他勃发的双眸和伸向天空的手臂
他仍然盯着不可及的天空外
大声呼喊
美……
人们嘲笑他
把艾丝美拉达推到他身前
讥笑着说
这，美……嘿嘿

面对这世间的丑恶
卡西莫多的哭泣更为深重
他的背更佝偻了腿更跛了

他的声音像上帝使者的低语更不可闻
只有柔风代替他轻声悲诉
这种单向的“爱”
这种男女主人公相貌两极的典型极致场景
穷尽世上所有文学名著
仅此一出

秋日的圣母桥上依然游人如织
谁会去关注
塞纳河畔的圣母院那两具交织的骨骸
该感谢雨果作品的不朽精神
让人们知道了卑贱者的高贵
庆幸卡西莫多
终于放弃了终生背负的十字架成为不朽
只留下
大教堂的不歇钟声

记忆

当夕阳照在模样依稀的那丘狮子山上
曾经喧嚣的学园仅剩下空寂蝉鸣
扭曲年代那群扭曲的我们
仅剩下忆旧的权利和义务

仔细寻找英井路上那间作坊式的糖果厂
曾经飘过的香味
胜过现在意大利品牌的费列罗巧克力
往往沦陷其中

端详那端
在灯光球场女舍旁古樟树林间
记不清为何“羡慕”练体育的所谓明星男女
不就是荷尔蒙

中和坝里见不着宋老练的魁梧身影
上学路上玉屏桥畔的刘四妹亦黯然离场
食堂里那几毛钱一碗的扎肉已很久远了
小城里山河依旧

生活并不是想象的那样
早已过了听说教的年代
追逐的梦想变成了奢望
乌鸡凤凰凤凰乌鸡

远方

到不了的叫远方
见不到的才存念想
尘封的记忆时常于旅程颠簸中荡漾
发小的狂欢在“不合时宜”的当秋
弥久的残迹如同星辰般眨闪

原来老以为已然解构生活的所有
不觉会随时迷失了方向
似乎可以掌控周边的小宇宙
直到有一天离开熟悉
才发现尘世的迷雾如此之深厚

凝视始终弥漫着川西坝子的各种温柔
伴随飘逸红纱和经典pose倩影
眼前的富饶对应着“蛮荒”故乡
比较蜀巴之间那种迥异的生活差异
始终绕不开两埠人士谐侃

如约漫步在青衣江畔
联想如潮水般袭来

曾经相信化为芸芸众生中一员
其实终究只能成全了自己
我看得一清二楚

在这“荆棘”丛生的年景
安仁镇祭奠的群雕耸立依然
驰名“古街”上灯红如常
西坝豆腐风头未减
肉价虽涨但满街银发童心未泯

少时出川纵是为老来归川
戎马一生难得这般消停
回首坎坷方晓知足
擦拭掉车窗玻璃上的水蒸气
风的呻吟在心中摇曳

望着飞驰而过的翠绿
感觉我如此渺小
秋雨敲击沉默的众人
这只诺亚的方舟
载着韶华芳草去向不知尽头的远方

梁坨

站在这坨上
那五月的江风
穿过躯体
迎面去到身后的朝天门
将我与城
融为一个整体

梁坨
本埠不太闻名的地标
皇皇重庆城东面的第一道隘口
屹立在两江交汇后的回水湾旁千百年
始终迎接
照在城里的第一缕阳光

每每洪水季节
它没于水中开始漫长“夏眠”
其余大部分时间睁开那双老迈的“眼”
目睹江城的崛起和繁荣
陪伴河边少年的成长
这条始终隐于我心底的蜿蜒石阵

没有办法

多少次梦游于那个搬蟹玩沙的圣地

也曾想再次潜水豪横地穿过趸船

每当清晨准时聆听惊醒梦魇的船坞回音

偶尔晚霞去窥视踏上归途那搬甑人的鱼篓

也许是浪子的痴妄

重回旧地时

鬓发已白

它就一直在那里

冷眼静观两岸景物的变迁

伤感地凝视和守望沿岸官民的出走与回归

此情何堪

寒来暑往水涨水落

无论是传统工业以三洞桥之名衰落

还是对岸弹子石借商业之势兴起

这世界就是善变

如同少年时出川和叶落季的归乡

还好，梁坨你还在

老南门咏叹调

秋风
被江风吹动
立在水中的瀛洲阁
在远处隐约着
闻名遐迩的李庄
从大河的对岸侧视这江边老“县城”

川江
这条著名的河不起眼地在南溪城外拐了一个大弯
给千年僰人旧地
留下一块仙居福地
九宫十二庙香火虽已不再
蜿蜒河街上无尽的茶肆旗幡还斜耸着

讲真
从未受用
古城门楼下“小资”茶饮
望着不高的广福门
没有重修过的明清不规则斑驳土石块间
倔强的生着几簇不知名的杂草

这时节
只有几位老哥们端着盅儿在絮叨旧事
夹杂的川南腔调高亢难懂
“川普” “老娘儿” “省上”等等驳杂词语不亦乐乎
旁边一个长者用二胡执着地拉着“扬鞭催马运粮忙”
好一块县城老男人们的专属领地

多想定格在这一刻
多么叫人心酸的轮回
年少时冲出这小小码头
告老归来
“享受”恐怕只属于他们的专属时光
生命的意义如此的逃不掉

走遍天涯
寻觅始终找不到的认知
已经停不下这疲惫的脚步
真真看到了思念已久的蓝布幌子
红桥猪儿粑

在没有您的世界里

每到这个时节
雨
总会如约
真眷顾我们
这群似乎从来就长不大的孩子
在您的眼里

天上的钟声
隐隐传来
早已干枯的泪
化为青烟
枯萎的已然枯萎
任心在微光下游走

相信
万物有始终
能告诉您没有事吗
为什么不明示
那些生命的意义
剩我在世上孤独地寂灭

银杏树下

眼下
斗大的月光
透过银杏树叶间
影影绰绰播撒在味江河畔

与熙攘的白昼不一样
偎依在青城山旁这川西小乡场
露出特有的静旷与疏离
残留下千百年来未曾改变的恬淡印象

当新冠那只诡异之蝶肆虐
涟漪揣起弥漫在无极的天边时
连场上巷口的无辜阿太
也自觉地挂上了那片白色的屏障

空旷广场上静立了千年的老银杏
无声注视着这多难的尘埃
冷眼人类和瘟疫间的惨烈对决
并准备先知般恭迎着必胜的那一方

生存是胜利者的献祭
在万物竞技的角斗场内
我只知道和愿意相信三组词
悲怜、无畏和智慧

先贤们留下的字库塔
遗下智慧的余烬仍孤独伴着古木
只有远处光严禅院的钟声
还在警醒我们要继续坎坷前行

神龛

对坐在百年老屋神龛前
把曾经的过去叙谈
穿过时间的投影
恣意漫步在幽深的甬道
万千情愫泄于言表

尖山的田野重叠于玉屏桥畔
德感车间里挡不住菜园坝之喧嚣
正兴坝子上粗粮亦喂不出茁壮
琐碎往事不经意溢出
只能将会意和诧异留在莫测的颜面

惬意竹椅上留不住时光
盖碗里承载着十二科的恩怨
青春在光荣岁月里幸福地被破碎
每一代必有自己的印痕
就像冬日午后的暖阳依然那般短暂

相逢意味着离别
眼前最好被当作永远

古老神龛仅承载独有特定讯息

你的世界自有你的精彩

就像夜空星斗莫测

在似曾相识的小镇上闲逛

在似曾相识的小镇上闲逛
河水在静静地哼唱
深藏的大石包露出了水面
在河边老槐树庇护下
如同永不牵手的情侣般守望

在似曾相识的小镇上闲逛
我仍不免深陷其中
曾经看到过星星
但那是很久以前的事情了
正如世人不可割舍的身外之物

在似曾相识的小镇上闲逛
我一直很迷惘
物的贪欲如同黑洞般无尽
反抗的愤怒源于城里狭小空间
生存压力几乎压垮了热情

在似曾相识的小镇上闲逛

往事渐渐消逝在逝去的岁月里

乡里的月光把心照亮

知道会把生活经营得更好

松开了缚住的手足

在似曾相识的小镇上闲逛

追寻往事

穿梭在过去和未来的小镇上

我必将一路回家

去到那来的路上

没有错过
9点28分那班火车

没有错过9点28分那班火车
是在跌跌撞撞穿过半个城市后
当汽笛声骤然响起时
火车头愤怒地睁大发亮的火眼
沉重地喘着气
冲破了本埠常见冬日的霾
逃离在土著界有些名声的菜园坝站台
驶向
西北偏北的
已知和未知远方

如愿跌坐在空旷座位上
打量熟悉而生疏的车厢
淡黄色灯光下马克杯里的咖啡味渐浓
望着窗外
那一闪而过雾锁着的昏暗小南海车站
耳机传来卡拉·布吕尼低沉的法式哼唱
下意识地翻看文友推荐的《丈量世界》
此刻

仿佛慵懒地躺在家里

而不是荡漾于如此虚幻的时光隧道

长时间的节奏性晃荡

导致思维时时逃离躯体

像时光飞速驶去自己曾经的地方

感叹那些早年与火车相恋的既往

抽象于逃离与回家的人性主题

囊括了欢愉与厌恶的个体实验

却

总是要固执地占据脑回沟主场

明明已经听到咀嚼江津米花糖的声音

仍像多数睡客般入定在无边的尽头

火车继续惯性移动在广袤的川东丘陵间

“喂　醒了哈　终点站快到了”

穿制服列车员隆重的川南口音唤醒了浅睡

喇叭里肯尼思的《回家》曲顿时响起

车厢里骤然一阵骚动和释然

17时34分

这次旅程终将画上休止符

而我

在人生的旅途中将仍会越陷越深

前面充满了不确定和变数　那意义又何在

站在空无一人的白鱼石上

站在
空无一人的白鱼石上
任寒风
紧紧地包裹着
脚下曾深藏着这座小城秘密的黑龙潭
依然莫测

高高的庙嘴信号台
衬着清幽的嘉陵江水
俯视着远处的温塘峡口
在时间的长河里
指引着艄公们行船的航道
无论世事变迁轮回

作为一个匆匆访客
赞叹这规整的梧桐小巷
也目睹迥于他乡罕见的市民归属感
企图寻找其中的缘由
答案竟飘零在

缙云山松林和嘉陵江水之间

这城
推崇缔造者和先贤
人们告诉许多的不朽
因为一个“义人”
风继续吹
我仰望着天空

付出和涅槃
向后人明示资本生存与民生福祉的正选
在那个不堪的年代
始终疑惑什么成就了那个“他”
不知道理由
只见江水昨日一样拍打在这大石上

三号线

地铁
像头巨兽
呼啸着
游龙般腾挪
在森罗的歇息地
吞吐着无尽的沙丁鱼

这城
像极了一个巨无霸池子
每条鱼
都想拥有自己的归宿
在鲜活的漩涡里
渴望着演绎独一无二的角色

鱼儿
不停地游涌
尽管不知道明天在哪里
只是笃定朝着大河的方向
去寻觅向往的源头
拼死完成自身的终极使命

这里

上演出幕幕好戏

环顾四周

总感到惊奇

如此美好

残留在记忆的某个地方

在某一个清晨

无数个夜晚
我在外层空间回旋
漫天星辰闪烁
被彩虹般绚丽击中
给了
我所要了解的一切
回到转瞬现实
躺卧在世间的荆棘丛中
置身暴风雨来之前
一如往常般矛盾
抉择成为必要
——在某一个清晨

其实
生活经常给我点儿甜头
法则
教会我如何去给予和接受
只是要知道
放飞自己的思想
一切的行动

看起来

都具本该有的意义

虚拟和现实交织

这世界仅此而已

——在每一个清晨

那个不下雪的冬日

当白天的阳光完全忽略了高原黑夜的凉
当遮天蔽日的蔓藤翠绿盖满了应该白色的地
只能感叹造物主赐了这片应许之处
让北地众神承受窝炕猫冬
宽恕这滇南小城进入夏的轮回

在这当寒的季节里看着穿夏装熙攘的人群
一种南辕北辙的幻觉迎面袭来
仿佛普洱里渗入咖啡味道
又或吸米粉嚼出来灸豆腐般异香
竟见证了如此不寻常的光景

从水波微兴的大板井里看见了一汪碎月
满街飞奔的助力车碾碎了缓慢悠闲的街景
哈尼婶子顶着罗帕在阳光下飞针走线
穿对襟彝家老汉奋力地吸着粗大水烟
多么具象明快的南国冬日诱惑

据说见雪已是多年前的传闻
那种对纯白的美好源自遥远的寄托

当改变不了季节你只能改变自己
用内心去感受自然赐予的无穷
抚慰这不安分年代那暖暖的冬日之心

夜风

在不知什么时候的夜晚
那恼人也曾温柔的风
竟一改白昼天高日丽的祥和
狮吼着呼啸踏至
伴着雷电
每每
从门窗缝里
从咫尺天涯间
千军万马般肆意穿过阻挡
在那没有光的时空
在这陌生的城邦
泄在孤独的肌肤之上
恩赐给您——
窒息透心的凉
钝器剔骨之殇
已然万物暗黑永无休止
忘不掉
那
滇风如刀

孤独，
是一切向前的影子

广场上
大妈们尽力跳着齐整的舞蹈
她们的动作始终划一
她们的律动像水浪曲折
她们的眼神都瞧上舞台
那里站着一个领舞者
他——做着同样的动作，听着一样的音乐
但他只是他自己
他在喧嚣中独处

城里面
街衢纵横广厦无涯
公交线彼此相连又疏离
101去了山南
526则跑到湖西
而公交站
不属于其中任何一条线路
在刺耳的喇叭声中静静地
伫立在纵横交汇的港湾

群山间

树林密集众兽奔袭雪峰连绵

可你看那穹顶

突兀地耸立在遥不可及的云端

它与雪峰同根

与山林相拥

但它不屑于屈从这种关联

高傲着

一直都是这个样子

孤独啊

从来伴着必然

却让表面的喧嚣成为它最好的掩饰

没有谁逃得过这说不清楚的宿命

无论大自然还是生命本体

因为它与生俱来

准备好

你将独自漫步在这个沧桑的岁月

本源于内心的强悍

孤独

是一切向前的影子

孤独仅仅是一个人的狂欢

漫长的夜终将过去

寒气渐褪眼眸慢慢张开

窗外仅存一丝亮光

从黑暗的大幕里烁映着这沉默的“舞台”

在夜空中

寂寞地投下向前的影子

嗨，大板井

腊月二十八
天刚破晓
几丝晨曦跃过山峦
投过那清远门的门洞
小城的一天
是从这门旁早年间的井边开始的
日复一日没有例外

在这里
我看见了从未见过的场景
那些取水的人们想必跟先人一样
静静候在台前
从宽大的井里用系绳的桶汲水
六百年来水还是那样甘冽
只是荡起的涟漪惊扰了水里不知年龄的鱼儿

华灯初上
傍晚的城镇含烟笼雾
人们都在安静地准备年饭
但井旁仍充满生机

老者带着省亲的孩子重拾取水的温情
外乡的游客举起相机咔咔留影
只见月亮掉进了井里

小城的故事本该就这样
太阳和月亮轮番抚慰着这井
鱼儿幸福地游弋在它的王国里
世代的乡梓享受着这流淌在心底的甘霖
但我并不属于这里
那些市井的安详早已离我而去
这只是又一个虚幻的一天

尽管曾在乎过许多
放慢了脚步环顾四周
以前流逝的时光到哪里去了
哪里停得下安分的脚步
鱼眼观世事，我陷入了沉思
该明白这游戏的规则
远处响起了爆竹声，我只想待在这儿

送你这一城的烟火

送你这一城的烟火
流萤这边　爆竹那边
这漫天让人颤抖的气氛冲破了熟悉的夜空
徘徊中我看见人们露出了笑脸
欢快色彩甚至盖过了盛开的攀枝花
你能告诉我这是一个什么日子吗
请原谅我欢喜这世间少有氛围
该来的来了
虽然今年大部分日子也曾困顿
虽然一次又一次我也曾离开
看着那欣喜的人们
触动了心中那根弦
我有如此脆弱吗
那应该是在今晚之后

送你这一城的烟火
身在这边　心在这边
认识的和不认识的人们
将所有的祝福化为万花筒般的云彩
以孩童似的嬉戏驱走昨日的阴霾

让美好梦幻的赐福重现眼前

这所有的情愫在月光和街灯的映照之下

千百年来

如魔力尽留浪迹游子心底

欣慰的浅笑浮现在脸上

尽管路总是很坎坷

时间会让你去数着日子度过

这束光将始终照亮你脚下行走的路

喔　多么美妙的夜

卷二

木兰花·晨

槛上呢喞难愠梦，推帐帘拢光影涌。妻卧迟，犬迷离，锅盛灶启柴火动。

岁岁月光无眠照，家居府安寻常操。人间富贵万千侯，难敌百姓穷欢笑。

好事近·林间

高峰月半轮，深涧静林疏空。径曲苔移孤影，幽处松风涌。

云溪湿雾两丘淫，草惊鸟佯动。生不做渝州客，常寻归山梦。

临江仙·新疆行

喀什库车吐鲁番，阜康叶城鄯善。天山南北戈壁滩。转天杨土墙，维族衣裙鲜。

飞去来兮万里程，晓车夜行山雪。葡萄石榴哈密白。何须归故里，愿做西域客。

汉宫春·榕树赞

蔽地遮天，华盖乡梓伞，美景仙成。铁骨石箍，雪蚀风雕翠屏。婆娑摩挲，仲夏里、春意佛魂。蝉声起、茶韵氛袅，麾下客话龙门。

雾寂寥雨矜持，雀鸟相与幻，青色夺人。锻君炭成暖人心，耿耿赤诚。如歌四季，永停伫、道德图腾。长伺随、绿荫丽处，手挚春夏年轮。

雪梅香·夜深沉

夜深沉，星疏朗月周无痕。两点孤灯远，怫吠野犬行人。万籁初宁悄无忽，景伫足移影相奔。欲何往？去处温馨，祈盼眼神。

凡尘，一遭走，难逃此劫，欲海折腾。送君吉言，世间短莫逞能。我笑苍天实公道，喜去悲来替交轮。行方缓，快也春风，缓也春风。

醉翁操·归乡

还乡，漓江，未殇。寨上房，旧样，十载游子归梓桑。邻里惟问短长，米酒香。塘畔银杏扬，岭上香烛祭高堂。

廊前飞燕，屋外矮墙。儿时玩伴，今夕知在何方。官言北语错镶，湘桂烹饪混飨，梦绕惆惆怅。灵田明月光，渝水那壁厢，夫近乡何如远望？

满庭芳·悼母

九十寿辰，转瞬即已，母慈安息灵榻。耿哉一永，皆坎坷年华。土桥兴胡可说，奔赤旗、风遂泪涯。为先父，困栖陋肆，孵幼雏愁嗟。

飒飒，浮云过，知祸福兮，那堪挥洒。拥韶景佳期，已近迟霞。高堂泪游子跪，情万种、咱爹咱妈。香一炷，地天圣撒，敢不佑白发。

二郎神·林曲

影镶画，旦眸遂、欹遮凇挂。岜滑径幽檀香沁溢，闻啼鸟、果针足下。疏触形姝涛韵更，迎故友、长鼠婀娜。怎忘怀？心归何地，眷念野涧山厦。

花若，星散灿漫，絮随风雅。可叹世人华屋囚筑，斯作茧、雨风皆怕。当竖屋峰松浒畔，慕李杜、宽服散洒。常至久逍遥，叶落足前，花撒罗帕。

河传·四月某日

晨启，无语。斜眠久倚，乍倦眼闭。膳厨乒乓香浸窗。铃响，仕民生计忙。

为人消得良宵短。温饱缓，日日辛无怨。岁月催，华发灰，盼兮，何时春风归。

酷相思·游高淳老街

豆干湖鱼伴虾蟹。本帮味、当街卖。叹庭院深处前朝在。亭依旧、颜欲改。音依旧、人欲改。

看镇古沧桑明快。满城绿、民友爱。赞石臼水天分外黛。今时往、何时再。几时往、何时再。

乌夜啼·读《耳语者》

夜宁卷掩凭栏，乱犹酣。谁解艰辛岁月人心寒。耳语客，红与白，古格怨。唯有相同难苦泪长潸。

醉花间·衡论

阴阳道，制衡要，中庸无懈妙。能解千般锁，华夏老字号。

无数英豪倒，皆因单边翘。要学伍豪伯，天地任尔笑。

小重山·父祭

一年一度清明时。田坝烟瘴里、追思至。泪别当年已十七。转瞬间，泉台可安息？

母病困多日。吾辈疼心底、苍天泣。百合香烛长跪子。父佑我，安平得一世。

浣溪沙·读李煜“虞美人”

后主丧宫异国栖，且嗟大宋做中枢，悲凉哀怨后人思。

愁满春江难复还，昔载殿下悔当初，六宫粉黛无消息。

调笑令·中甸、中甸

如画，如画，格桑花依草架。牦牛蓝天旗幡，藏姑草甸雪山。山雪，山雪，香格里拉圣洁。

虞美人·逞论高考

千军万马年年考，十载寒窗熬。两点一线被悬梁，可怜儿郎五月泪沾裳。

赁庐陪读休言累，谁解其中味。世间文曲几时修，何必牛刎食水强撑首。

淡黄柳·离乡人

佳期欲踵，乡党催弥涌。游子千里山重重。廊内燕巢安再，帘外梅花几度红。

返乡梦，从来醒时痛。问故人，泪眼朦。望断天涯古今皆同。试问苍天，此情可堪，一声乳名逝风。

雪梅香·心定

定不易，如潮世事空尘扬。动风心如住，舟移岸水无常。犬马声色化外物，月明松青伴君旁。茗茶道，炬印乾坤，何惧霓裳。

戒强，善缘结，无妄君修，近贤人堂。否极泰来，菩提树果因场。即逝转瞬手抬间，风物长宜放眼量。明镜台，空色交挪，人我两忘。

踏莎行·分手辰光

尘绝而舆，空留余悸，望殚背影随风弃。两行泪痕记旧伊，潮涌退处情永续。

意乱魂迷，任迩难敌，天涯芳觅谁怜汝。笑叹人痴苦涯渡，撼天动地终毋聚。

破阵子·宇宙观

暮鼓晨钟骤璇，苍穹无限悟禅。辟地开天谁又在，后儒先贤道隐言，笑看时空徊。

夸克黑洞混沌，霍金、斯坦亲诠。兆亿光年银河岸，堪渡阴阳太极船，万纵归一元！

声声慢·恋爱季节

迎迎拒拒，怅怅愁愁，甜甜酸酸徐徐。奈那相思季节，韵儿难移。怦然心动不易，怎地呵、断藕丝缕。剪不断、理还卷，个中味你懂的？

予欲满城寻觅，无药解，凭任要侬独倚？赤豆几枚，万般情心儿迷。少年已上眉头，真无助、暗恋寄予。过来人，何不赐锦囊妙计。

鹧鸪天·自述

衫裤一袭闹市行，诗书百卷静庐吟。年暮方晓时日短，当家犹知银锱挺。

居陋巷，远近邻，荷花污泥总相频。自古豪杰多磨砺，从来寒士少故人。

醉花间·秦淮河畔

金陵梦，谁与共，恨离别时痛。鸡鸣寺头叶，莫愁碧波涌。

月明中山捧，秦淮扁舟弄。最是杨柳村，雨后斜阳中。

忆王孙·早春

乍凉欲暖总寥萧，霜晨寒月冬衣抄。

漏尽更深梦不了。

巷头叨，雀燕嘈切春欲招。

水调歌头·哭大人

天喜本高泰，久结父儿缘。罹母灵田凄涩，黔桂夺徒难。不悔夫子聚义，卅载居顿蜀地，渝府享天年。万里独行疾，一任治书卷。

绀多事，紧相尾，梦惊还。别来无恙？闻奈何淼上呼叹。坝上伤依幡祭，蜡炬碎相思涕，难得享寿百。漓水蜿蜒去，尹归乡谁伴。

渔歌子·在路上

车驰船移燕南行，寻梦游侠归才桑。

堂苑蕊，座前猫，蹒跚旅者欲断肠。

虞美人·无题

窗前北风催人倦，楼上迟迟盥。云鬓不整裹罗衣，谁解相思寥寂瘦西施。

豆蔻年少终关憬，幻梦几难寻。何年展翅两飞燕，冬驰春移何惘常思牵。